中国民族传说故事
精选

吴佳霖 著　何治泓 绘

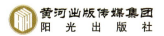

黄河出版传媒集团
阳 光 出 版 社

图书在版编目（C I P）数据

中国民族传说故事精选 / 吴佳霖著；何治泓绘．--
银川：阳光出版社，2019.9
ISBN 978-7-5525-4979-9

Ⅰ．①中… Ⅱ．①吴… ②何… Ⅲ．①民间故事—作
品集—中国 Ⅳ．① I277.3

中国版本图书馆 CIP 数据核字 (2019) 第 193671 号

中国民族传说故事精选

吴佳霖 著 何治泓 绘

策　　划	小萌童书	印　　刷	北京利丰雅高长城印刷有限公司	
责任编辑	金小燕	印刷委托书号	（宁）0014544	
版式设计	李威云	开　　本	210mm×275mm　1/16	
责任印制	岳建宁	印　　张	5	
		字　　数	50 千字	

黄河出版传媒集团
阳 光 出 版 社 出版发行

		版　　次	2019 年 10 月第 1 版	
出 版 人	薛文斌	印　　次	2019 年 10 月第 1 次印刷	
地　　址	宁夏银川市北京东路 139 号出版大厦（750001）	书　　号	ISBN 978-7-5525-4979-9	
经　　销	全国新华书店	定　　价	59.80 元	

目录

引言

  中国有五十六个民族，包括汉族和五十五个少数民族，每个民族都有自己的方言和传统习俗。我们深入走访了许多地区，与当地居民进行深入交谈，将亲眼所见的风土人情、亲耳所闻的民族传说故事记录下来，还原各民族的民族风情。

  本绘本收集了七个民族传说故事。每个传说故事前都有相应民族的简介及服饰画像（在丝绸上创作），帮助小朋友了解这些民族的风俗习惯。每个故事均配有插图（在米纸上创作）。

傈僳族

　　傈僳族主要分布在云南和四川。他们的房子依山而建，别具一格，采用的主要建筑材料为竹子和木头。起初，他们依据自然变化及居住地独特的气候，将一年分为十个月，后逐步发展为十二个月。

　　傈僳族女孩在十四岁时会举行"穿裙礼"，此后，她们便可以在头发及脸上佩戴饰品了。

　　傈僳族人会在江边表达自己的爱意。当一名男子与心爱的女子坠入"爱河"后，根据传统，在盍什节当天，他会叫上伙伴将自己的意中人抬到沙坑里，用细沙埋在她身上，只露出头部。之后，他会一边唱着情歌一边独自把女子救出来。

青蛙王子

青蛙王子

　　很久很久以前，在大山深处住着一位孤苦伶仃的老奶奶。突然有一天，她的膝盖上长出了一个大包。包越长越大，令老人痛苦不堪，于是她用磨好的刀朝大包刺去。包破了，但流出来的既不是脓水，也不是鲜血，而是——一只青蛙！

　　老奶奶吓得昏了过去，醒来时，看见那只青蛙正蹲在壁炉前面。她一把抓起刀，准备砍下它的脑袋时，奇怪的事情发生了，青蛙竟然张嘴说起了人话："奶奶，别杀我！我是您的孙子呀，我会好好照顾您的！"

　　听了青蛙的话，老奶奶冷笑着说："一只毫不起眼的小青蛙如何

能够照顾我？真是胡说八道！"

"奶奶，"小青蛙说，"也许在您看来，我微不足道，但我并没有说谎，很快您就会明白的。"

小青蛙与老奶奶一起度过了平静的两天。第三天一大早，小青蛙叫醒了老奶奶，说："奶奶，给我一张弓和几支锋利的箭吧，我要上山射几只麻雀回来。"

"一只毫不起眼的小青蛙如何能够射到麻雀？这真是天大的笑话！"老奶奶冷笑道。但是小青蛙一直坚持，老奶奶只好同意了。她给小青蛙做了一张弓和几支锋利的箭，并准备了午餐。

次日清晨，开心的小青蛙蹦蹦跳跳地上了山。到山顶后，它看见一棵大树的树枝上落满了麻雀和山鸡。它悄悄地沿着树干向上爬去，拉满弓，一箭出去竟然射中了一百只鸟。小青蛙十分开心地从树上爬下来，捡起其中一只被射中的麻雀，打算带回家让奶奶看看自己的战绩。

奶奶看到小青蛙仅带了一只小麻雀回来，生气地说："我说得没错吧，一只毫不起眼的小青蛙怎么可能射到麻雀呢？你出去了整整一天也就射到了一只小麻雀，我看你最好还是在家看家吧！"

小青蛙急忙应道："奶奶，请您相信我！明天一早，您带上一个篮子，我带您去捡我射到的其他鸟。"

"孩子，"老奶奶一点也不相信，"你要是想去捡，就自己去吧！"但是小青蛙一再坚持着，老奶奶只好同意了。

第二天黎明时分，老奶奶提着篮子和小青蛙一起来到了山顶的大树下。看到满地的鸟，她惊呆了。她问了许多问题，并对小青蛙赞不绝口。

就这样，小青蛙照顾了老奶奶好多年。

有一天，小青蛙突然要求道："奶奶，请给我一把锋利的斧头，我要去山里砍柴！"

"孩子，"老奶奶答道，"你都没有斧头大，怎么去砍柴？"

"奶奶，你别看我的个头小，我的力气可大得很呢。"

小青蛙坚持着，老奶奶只好让步，她给了小青蛙一把八斤重的斧头。

第二天早晨，小青蛙带着斧头向山上走去。在山顶上，它将一棵大树砍倒，就在它劈树干的时候，一道银光闪了出来。

傍晚时分，它踏上了回家的

路。由于太累了，走到家门口的时候，它连进屋的力气都没有了，倒在地上就睡着了。老奶奶大声叫醒它，问道："难道你没去砍柴？怎么什么也没带回来？"

"我实在太累了，"小青蛙答道，"我砍倒了一棵大树，并将它劈成了小块。咱们明天一起去把木柴拾回来吧。"

老奶奶和蔼地对小孙子说："孩子，你今天干的活太多了。明天你休息吧，我去把木柴拾回来。"

"您年纪太大了，身子又弱，别背太多。"小青蛙说。

第二天，老奶奶按照小青蛙指的路朝山上走去。她走了好久才到达山顶。休息时，她注意到草丛中有银光闪烁。她走近一看，才明白原来小青蛙劈的并不是木柴，而是银子。

老奶奶只背得动三块银子下山，越往前走，觉得背上的东西越沉。没走多久，她感到头晕，视线模糊，但她仍坚持背着银子走回了家。

小青蛙看到老奶奶回来了，急忙问道："奶奶，您怎么这么高兴！有什么好消息吗？"

老奶奶答道："我优秀的孙儿，你劈的并不是木柴，而是银子啊！"

几天后，小青蛙恢复了体力，它把所有的银子都背了回来。从那以后，老奶奶的生活有了很大的改善。

小青蛙觉得是时候离开奶奶了，向老奶奶道别后就上路了。它走了整整九十九天，直到一堵高高的城墙挡住了它前进的路。

远处，矗立着一群巍峨的建筑：那正是皇帝的宫殿！

在路上的时候，小青蛙已经听说了公主的美貌。它梦想着公主能成为它的妻子，于是它小心翼翼地爬上城墙，看到皇帝正在优哉游哉地喝茶。

小青蛙大喊着皇帝的名字，皇帝被惊得跳了起来："是哪个大胆的狂徒，竟敢直呼我的名字？"

　　护卫们听到喊叫声也吓了一跳，在皇宫内四处寻找，奇怪的是，他们没找到任何人。

　　小青蛙再次大喊皇帝的名字，这次皇帝看到它了。狂怒的皇帝破口大骂："你这个浑身腐烂的畜生，臭蛤蟆！竟敢直呼我的名字！赶

紧回到你的泥坑去，别再出现在我的皇宫里。否则，我砍下你的脑袋！"

小青蛙丝毫没有感到害怕，它满怀敬意地对皇帝说："万众敬仰的陛下，我是来向公主求婚的！"

"什么？让我把女儿交给你这样一个不起眼的小动物？真是不知天高地厚！"

小青蛙立马应道："尊敬的陛下，既然您不答应，那我只能悲伤地哭泣了！"

"你想怎么哭就怎么哭，这和我没有任何关系！"皇帝说。

于是小青蛙哭了起来，眼泪大颗大颗地落下。顷刻间，天空中乌云密布、电闪雷鸣，狂风暴雨向地面袭来，地面洪水泛滥。

眼见就要被淹死了，皇帝向小青蛙乞求道："青蛙，青蛙，别哭了，我答应把女儿嫁给你！"

听到皇帝的话，小青蛙停止了哭泣，雨也跟着停了。它对皇帝说："既然您同意我和公主成亲，我这就搬进宫里住。"

刚恢复了平静的皇帝，又一次大骂道："什么？你这个浑身臭烂的癞蛤蟆，凭你还想娶我的女儿？真是闻所未闻，不可思议！"

小青蛙喊道："皇帝说出的话难道一文不值吗，怎么可以轻易反悔呢？真是笑死人了！"

"你想怎么笑就怎么笑，这和我没有任何关系！"皇帝说。

于是小青蛙大笑起来，一刹那，天上多了一个太阳。小青蛙又笑了一下，天上又多了一个太阳。小青蛙每多笑一下，天上就会多一个太阳。

皇宫里的墙面、地板、瓦片都被晒得烫人，屋里就像要燃烧起来一样。皇帝大汗淋漓，想跳进大水池里降温，可是水池里的水几乎要沸腾起来了。

皇帝别无他法，只得又一次恳求小青蛙："青蛙，青蛙，别笑了，我把女儿嫁给你！"

听到皇帝的话，小青蛙停止了笑。瞬间，天空中只剩下一个太阳了。一切恢复了正常。

这一次，皇帝不敢食言了。他暗暗想出了一个对策并悄悄对女儿说："不要伤心，我的孩子，你先假装同意它的求婚，再和它一起去旅行。我会给你一匹最好的马和一个小石磨。你骑上马，让那只青蛙牵着缰绳。等你们走到偏远僻静的地方时，你就趁机把石磨扔到它的头上，这场可怕的噩梦就结束了。"

公主把自己打扮得漂漂亮亮的，骑上马厩中最好的一匹马出发了，小青蛙得意扬扬地走在前面。路上，开心的小青蛙告诉公主自己叫施巴，并给她讲了好多好多故事。

走到一处僻静的地方时，公主双手举起石磨朝小青蛙的头上砸去，小青蛙被牢牢地压在了石磨下面。它死死地抓着缰绳，用力从石磨下爬了出来。小青蛙伤心地问公主："你为什么这样做？难道我没把马牵好吗？"

公主看到它毫发无损地站在眼前，顿时目瞪口呆，气得说不出话。

小青蛙接着对公主说："亲爱的公主，你做什么都不会伤到我。拿上你的石磨，我们继续上路吧！"

他们一直往前走，小青蛙觉得累了，它建议道："我们在这儿休息一下吧。"

趁小青蛙转身拴马的时候，公主趁机又将石磨砸向小青蛙的头。看到小青蛙不动了，公主准备返回皇宫，但马的缰绳被压在了石磨下面。她试着抽缰绳时，将小青蛙也一起拉了出来。

"我亲爱的公主，又怎么了？你为什么又把东西砸在我的头上？"

公主不知道如何回答……

太阳落山了，他们决定在附近的一个山洞里过夜。

想到以后要和一只青蛙一起生活，公主就睡不着觉，暗自哭泣。

"亲爱的公主，不要伤心！在离这儿不远的地方，有一个村子，村里的人每天都会聚在一起举行活动。明天，我们去那里玩一玩。"

在青蛙的安慰下，公主渐渐地睡着了。

当她醒来时，青蛙不见了。她独自朝村子走去，看到一大群人，有的在唱歌，有的在跳舞，还有一群男子在比赛射箭。她专心地看着这群射箭的人，发现其中有个男子与众不同，射箭技法非凡：他同时用七支箭就射下了高空中飞过的七只大雁。这为他赢得了很多金币。她越看越喜欢这个男子。

"如果能嫁给这样的人该多幸福啊！"她想，"为什么老天让我嫁给了一只青蛙？"

公主禁不住流下了眼泪。回到山洞，她看到青蛙正在火堆旁懒洋洋地抽着烟袋。

"亲爱的公主，"它看着公主说，"不要哭泣了，刚刚有个男子来过，还留下了他的金币。后天，你可以带着这些金币去村子里买你喜欢的所有东西。到时，村子里会有一场赛马比赛，比今天的活动还要精彩。"

"好，我会去的，但我可能不会再回到这里了。"

"随你的便！"青蛙答道。

赛马日到了，公主来到村里。许多青年都已经聚集在这里了，前天那位英俊的男子也来了，他骑着马。奇怪的是，这马同公主的马很像。比赛中，他跑在了最前面，只见他射出的两支箭，直击天空中飞过的两只天鹅。观众们直拍手叫好："施巴（人们把能变身成动物的人叫作施巴），你真是我们最好的射手！"

听到年轻男子的名字叫施巴，公主感到奇怪，他的名字怎么和青蛙的名字一样。还没等活动结束，公主就返回山洞。山洞里，青蛙和马都不在，只有一张青蛙皮在山洞一角的地上。公主点起火，将青蛙皮扔了进去。这时，一名年轻的男子骑马赶来。

　　公主闻声，慌忙躲在石头后面打量着闯进来的人，他就是那位叫施巴的射手。看到火中的青蛙皮，施巴赶忙上前想将它拽出来。然而当他拽出来时，皮已经被火烧了一半。

　　此时，施巴的下半身变成了青蛙腿。公主吃惊地发现她的想法得
到了验证：青蛙就是英俊的施巴！她跑出来，紧紧抓住施巴，乞求道：
"求求你别再变回青蛙了，让我们幸福地生活在一起吧！"

　　她边说边哭，泪水落在了施巴的那双青蛙腿上。

　　青蛙腿又变回了人腿的样子。

　　从此以后，施巴和公主互敬互爱，幸福地生活在了一起。

苗族

苗族是中国最古老的民族之一。经过时间的洗礼，苗族形成了上百个支系，每个支系都有自己独特的风俗习惯。苗族主要分布在云贵高原偏远的村庄里。苗族人民在刺绣和制作银器方面手艺非凡，他们服饰上的花纹丰富多样。

苗族有自己的语言。在中国云南、老挝及泰国的一些地区，至今仍有人使用苗语。

星星的来历

星星的来历

很久以前的一天，天空中突然破了一个大洞。老天怒不可遏，将所有的怨气都发泄到了人间：夹杂着暴雪的狂风席卷了整片大地，庄稼被压弯，草木被吹折。男女老少都惶恐不已，为了活命只好躲进山洞，抱成一团。

人群中有一个叫尚武的勇敢男子，他不知何时从何处听说过一个传言：在来农山上住着一位博学多识的绿胡子老人，这天底下没有他不知道的事。于是，尚武决定顶着暴风雪去寻找这位老人，向他询问补天的方法。

尚武走了很久的路，经历了很多磨难，终于来到了来农山脚下。远远地，尚武就看到瀑布般的绿胡子自崖边飘然垂下，仿佛是从天而降。

绿胡子老人就坐在山顶一棵大树的顶端，他看到正在向山顶攀登的尚武，问道："你是谁？来这里做什么？顺着我的胡子爬上来吧，好让我能听清你说的话，但是当心别弄疼我！"

尚武顺着老人的胡子爬上了树顶，他向这位年长的智者解释道："绿胡子老人家，天漏了，地上狂风暴雪交加，人们绝望无助，躲在山洞里不敢出来……您能帮帮我们吗？求求您了！"

老人望着尚武的双眼，说道："年轻人，你的勇气真令人钦佩，为了奖励你的勇敢，我要送给你三样礼物。"说罢，老人拔下几根绿胡子变成了一双鞋子、一副手套和一顶帽子，"你带上这三样宝物立刻前往乌留山，那里住着三位年轻的女子，她们知道如何补天，但是你需要说服她们其中的一位来帮助你。如果她们拒绝见你，你就穿上鞋子踩地，戴上手套摇山或者戴上帽子撞击岩壁。这样，她们就不得不现身了。"

尚武带着这三样宝贝朝乌留山走去。可是，乌留山的岩壁太滑了，尚武不停地爬上去又跌下来。他站在山底大喊："山上的姑娘们，我的名字叫尚武。天漏了个大洞，地上的人们饱受饥饿和寒冷之苦。你们帮我把天补上吧！求求你们了！"

没有人回应。

于是，尚武穿上那双神奇的鞋子开始踩地。只见山开始晃动，扬起了灰尘。尚武自己也被吓了一跳。

这时，只听到从山上传来一位女子的尖叫："别踩地了！"

一根长长的藤蔓从乌留山上伸了下来，藤蔓的底端开出了一朵巨大的红花，花上斜倚着一位穿黄衣服的女子。花停在了和尚武身高差不多高的位置，女子娇声娇气地说："补天可是一件累人的事，我宁愿待在乌留山睡觉。"

"既然如此，你就回山上做你的美梦吧！"尚武生气地顺手推了一下红花，年轻女子一下子就升上了山。

尚武重新开始叫喊，这一次同样没人回应。于是，他戴上神奇的手套，使出浑身的力气摇山。岩石不断地从乌留山上滚落，又一个刺耳的尖叫声响起："别摇山了！"

另一根藤蔓从乌留山上伸了下来，藤蔓的底端同样开出了一朵巨大的红花。这次，大红花里出现的是一位穿绿衣服的年轻女子。

她对尚武说："地上的人们受苦受难跟我有什么关系？我关心的事情只有吃吃喝喝。"

"既然如此，你就回山上去吧！"尚武喊道，并用手狠狠地推开了大红花。

他又喊起来，这一次同样无人应答。于是，他戴上神奇的帽子，开始撞击岩壁。突然，他听到一个温柔的声音："不要撞了，我答应和你一起去补天！"

这一次，尚武看到盛开的大红花中出现了一位穿白衣服的面带微笑的年轻女子。她的头发被一条漂亮的白色头巾包着。她骑坐在一只

大羊上，怀里抱着一只小羊羔。

"你真的同意和我一起去补天？"尚武惊讶地问道。

"人们遭受了太多的苦难，我愿意和你一起去补天。"年轻女子答道。

她递给尚武一个金钳子和一个皮袋子，说道："天之所以会漏，是因为大龙和小龙两兄弟在吵架的时候捅破了天。你先去南山，那里住着大龙，你用这个金钳子取下它的角；再去北海，那里住着小龙，用金钳子取下它的一颗牙齿，放进这个宝袋里，宝袋就会变出很多一模一样的牙齿。然后，你就可以用大龙的角作锤子，小龙的牙齿作钉子来补天了。"

尚武带着金钳子、皮袋子以及绿胡子老人给的三样宝物继续朝南山走去。到了南山，他喊道："大龙，快出来，你把天弄漏了，我需要用你的角去补天！"

大龙吓了一跳，它没想到会有人知道是它把天弄漏的。它连忙躲了起来，没发出一点儿声音。

　　看到大龙没有回应，尚武穿上了老人给的鞋子，戴上老人给的手套和帽子，开始摇动大山。大龙很快就被摇得头晕目眩，求饶道："够了，我受不了了，我这就出来！"

　　它伸出了头，让尚武用金钳子取走了自己的一只角。

　　接着，尚武又向北海赶去。海水很深，他看不到小龙，于是大喊："小龙，快出来，你把天弄漏了，我需要取你一颗牙去补天！"

　　小龙十分害怕，它没想到会有人知道是它把天弄漏的。于是，它默不作声。

　　尚武带着绿胡子老人给他的三件宝物，潜入海中搅动海水。海上顿时狂风大作，一个大浪翻来，将小龙拍晕在了岸边。

　　尚武趁机用金钳子取下了小龙的一颗牙齿并放进宝袋里。宝袋一下子变得又大又沉：里面变出了数不清的小龙的牙齿。

　　尚武带着大龙的角和小龙的牙齿返回了乌留山。年轻女子将两只羊的毛剃下来，做成了外套。这样，尚武和她补天时就不会冻坏了。

　　接着，他们每人乘着一只羊向天上飞去。天上狂风呼啸，尚武和年轻女子费了很大的劲才来到离大洞很近的地方。

　　雪和风太大了，他们几乎无法睁开眼睛。年轻女子取下了白色的头巾，头巾马上变得刚好能盖住天空的漏洞那般大。

　　尚武和年轻女子用头巾盖住了大洞。尚武用大龙的角作锤子，将小龙的牙齿钉在了头巾的四周。随着他们的推进，风越来越小。

　　当天被补好后，小龙的那些牙齿也留在了天上。

　　风和雪终于停了，大地又重归平静。人们从避难的山洞里蜂拥而出，欢呼着迎接他们的英雄：尚武和白衣女子。

　　从那以后，每当夜幕降临，人们只要仰望夜空就会看到成千上万闪着光的小点，那就是用来补天的小龙的牙齿。后来，人们把这些闪光的小点叫作星星。

　　在夏日的夜晚，我们会看到一条银色的长河闪烁在深蓝的星空中，它被称为"银河"。据说，那正是尚武和白衣女子补天时用的白色头巾。

瑶族

瑶族主要分布在中国西南地区。

瑶族人喜好五色衣服，衣服上绣有精美别致的图案，形状有"十"字形、"万"字形、三角形、四方形、齿状形等，还有飞禽走兽、花草植物等。瑶族妇女常常佩戴银饰，认为银饰是富贵吉祥的象征。

历史上瑶族以草为药，"瑶族药浴"就是流传下来的一种通过沐浴防治疾病的方法。用多种植物配方，烧煮成药水，人们坐在木桶内沐浴，有抵御风寒、消除疲劳的功效。

瑶族有自己的语言，但没有文字。他们的故事通过口述世代相传。

葫芦兄妹

葫芦兄妹

从前，在我国西南地区的瑶族村落里有一位勇敢的猎人。他勤劳勇敢、聪明机智，很受乡亲们的爱戴。他的一双儿女也希望自己长大以后能成为像父亲一样了不起的人。

这年，村子里发生疫情，死了好多家畜，村民在祭礼雷公时拿不出像样的贡品。雷公感觉自己受到了轻视，于是勃然大怒，决定向人类进行报复：他命令风伯雨师不准再刮风下雨。一连六个月，大地滴雨未见，气温陡增，人们像生活在火炉里一样。土地开裂，河流干涸，庄稼枯萎，飞禽、走兽、虫鱼也成批成批地死去。大地一片凄凉景象。

人们再也忍受不了这干旱之苦，都纷纷找到猎人，请求他想想办法。猎人冥思苦想了几天几夜，终于想到了一个降雨的办法。他先做了五面大鼓和一把木槌，然后脸上戴上鸟嘴，身上安上翅膀，一面猛烈地擂起五面大鼓，轰隆隆的声音就像炸起的响雷，一面从这个山头飞到那个山头，呼唤风伯雨师。风伯雨师以为雷公回心转意了，立即布起浓浓的黑云，刮起猛烈的狂风，下起哗哗的大雨。

大雨下了两天两夜，庄稼、树林恢复了生机，飞禽、走兽、虫鱼重获生机，人们高兴得又跳又蹦，大地一片欢腾。

当雷公得知是猎人假扮自己，骗得风伯雨师降雨之后，气得脸色发青。他展开双翅飞到猎人的屋顶上，轰隆隆炸起一个又一个的霹雳，想要劈死猎人。

勇敢的猎人早就知道雷公不会放过他。他先把一双儿女藏在屋子里，然后把一个捉野兽的大铁笼放在屋檐下，手拿一杆铁叉站在一旁，准备与雷公决一死战。当雷公再次俯冲来放电的时候，猎人瞅准机会，用力扔出铁叉，雷公受伤掉进了铁笼子。猎人飞快地盖上盖子，扣紧铁锁。

猎人把两个孩子叫来叮嘱道："孩子们，在家好好看着雷公，别让他跑了。记住：千万不能给他水喝！我现在去跟乡亲们商量如何处置他。"

兄妹俩看到雷公那狰狞的样子，很是害怕，都不敢靠近笼子，只是远远地待着不敢动。

时间慢慢过去，由于脱水，雷公开始变得软弱无力。他看着两个小孩，心生一计。他一改之前凶狠的样子，装作可怜又难受的样子，对两个小孩说："小弟弟小妹妹，我快渴死了，给我点水喝吧。"

兄妹俩一起说："不给，爹爹临走时说过，不能给你水喝。"

雷公装作更可怜更难受的样子说："啊，啊，我要渴死了，行行好，给我一碗水吧，半碗也行呀。"

妹妹看着雷公痛苦的样子，心软了，对哥哥说："给他半碗水喝吧。"

哥哥说："半碗也不行，你忘了爹爹的话啦。"

妹妹不作声了。

雷公呻吟着哀求："救救我吧，哪怕在我的身上淋几滴水也行啊。我会感激不尽的。"

妹妹见雷公实在可怜，就对哥哥说："给他洒点洗锅水吧。"哥哥勉强同意了。

妹妹拿起刷碗的刷子，蘸了一点洗锅水，朝雷公干皱的皮肤上抖了几滴水。瞬间，雷公精神一振，身体迅速膨胀，很快就完全恢复了神力。最后，他翅膀奋力一振，挣脱了铁笼。

雷公跳到地上，对站在一旁吓得一动不动的两个小孩说："谢谢你们了。"接着他从口中拔下一颗牙齿交给兄妹俩，"你们把它种在地里，浇上水，它会发芽、长大、开花、结果。你们把果实摘下来，挖去种子。当灾难来临的时候，你们躲在里面，它可以护你们周全。"说完，雷公一展双翅，冲破屋顶，飞上天去了。

晚上，猎人回来看到粉碎的笼子，瞬间明白雷公跑了。他没有浪费时间去责骂孩子，而是立即着手准备，他要打造一艘坚固的船。

第二天一早，两个孩子来到房后的院子，将雷神的牙齿种下，浇上水。一天的功夫，种下的牙齿就开了花并结出了果实，是个漂亮的葫芦。第三天，葫芦变得巨大无比。兄妹俩欢欢喜喜地摘下葫芦，合力将大葫芦锯开了个口子，挖出葫芦瓤，然后爬进葫芦里试了试，葫芦刚好能容下他们俩。猎人见了觉得稀奇，但是他要忙着造船，顾不上多想。

第四天，猎人的船刚造好，天就变了。狂风大作，乌云密布，电闪雷鸣，暴雨倾盆。猎人见势不妙，赶紧将两个孩子塞进葫芦里，又把葫芦跟自己的船拴在一起。

顷刻间，洪水四起，淹没了村庄，卷走了树木，周围变成了一片汪洋大海。猎人跳上铁船，撑起竹篙，向挣扎在水中的人们划去。很多人被洪水卷走，被救上船的寥寥无几。

雨越下越大，水越涨越高，洪水竟然涨到了天门外。猎人奋力用竹篙敲响天门，声嘶力竭地大喊："快退洪水！"守天门的神仙大怒，他一面把雷公关进天牢，一面喝令水神赶快退水。顷刻之间，风息雨止，涨满天地的洪水退去，水面一落千丈。

猎人和他的船及船上的人们一下子从高处摔了下来，猎人的身体撞在坚硬的石头上，摔得粉身碎骨。

装着兄妹俩的葫芦也跌落下来，因为葫芦轻，有弹性，只在地上弹了几下，滚了几圈，完好无损地停下了。兄妹俩从葫芦里爬出来，发现父亲已经死了，两人悲痛欲绝、抱头痛哭。之后，他们决定要像父亲一样勇敢坚强，靠自己的勤劳和智慧重建家园。

苗族、瑶族

据说苗族和瑶族源自共同的祖先，他们之间的联系十分紧密。

苗族和瑶族不仅分布在中国，在南亚国家，尤其是老挝和越南也都有分布。

苗族和瑶族有许多相同的传说故事。因此，有的故事很难准确地说出是源自哪个民族。

葫芦狗

葫芦狗

很久以前，皇帝的宫殿里发生了一件奇怪的事。

一天，皇后突然觉得自己的耳朵奇痒无比，而且有一种窸窸窣窣的声音，真是难受极了。皇后急忙派人把她的小女儿叫来。

"快看看我的耳朵里有什么东西。"皇后说着就用指尖去掏自己的耳朵。这时，一个金黄色的小东西从皇后的耳朵里掉了出来，正好落在了一个葫芦瓢里。

"是一只可爱的金色小虫子！"年轻的公主睁大眼睛惊奇地喊道。她小心翼翼地捧走了葫芦瓢，并给它盖上了一个合适的盖子。

公主每天都迫不及待地掀开葫芦瓢的盖子，要看看这个金黄的小虫子又长大了多少。一天早上，公主掀开盖子时，奇妙的事情发生了，葫芦瓢里面的小虫子竟然变成了一只狗。这只狗长得与众不同，有着五彩斑斓的皮毛。一放到地上，它的毛就会发出绚丽的光芒。

这样漂亮又稀奇的狗，真是人见人爱。因为它是从葫芦里变出来的，人们就叫它"葫芦狗"。公主十分疼爱葫芦狗：她吃饭，葫芦狗也吃饭；她睡觉，葫芦狗就睡在床下守护她。渐渐地，公主和葫芦狗成了形影不离的好伙伴。

三年过去了，葫芦狗从葫芦那么大的小狗，变成了像豹子那么大的健壮猎犬，就连皇帝都十分喜欢它的陪伴，一有机会，就带着它去山里打猎。葫芦狗机警又敏捷，无论是射下的大雁还是狂奔的兔子，都逃不过它的眼睛。遇到凶猛的野兽，它会毫不犹豫地冲上去搏斗，一点儿也不害怕。

皇帝经常宠爱地摸着它的头，说："葫芦狗，你真是我最好的帮手啊！"

有一天，西北的方国突然发生了叛乱。五名大将慌张地前来报告皇帝："方国落在了一个妖怪国王手里！他长着四只可怕的红眼睛。现在，他挑起战争，我们的士兵一看到他，胆子都吓破了，谁还敢上前杀敌啊！"

皇帝长叹一口气，背着手，走了又走，想了又想。

过了许久，他终于开口对将军们说："立刻下令！谁能杀死四眼妖怪国王并取下他的头带回来，谁就可以娶公主为妻！"

第二天，葫芦狗不见了。人们找遍了皇宫里所有的地方，也没有找到它。皇帝觉得很奇怪，然而比皇帝更悲伤的人是公主。她每天都看着那个葫芦瓢，期望她的小伙伴能再从里面变出来。

原来，葫芦狗听到皇帝下的命令后，就立即上路，朝西北的方国

奔去。半路上，葫芦狗被一条大河挡住了去路，它摇身一变，变成一条龙飞跃而过。

葫芦狗历经艰难抵达了偏远的方国。它来到四眼妖王的军营，跑进妖王的帐篷，一看到妖王，就上前亲热地舔着他的手，又机灵地猛摇尾巴。

"这不是皇帝的狗吗？"妖王吃惊地睁大了四只眼睛说，"这预兆着皇帝就要灭亡了！连他的狗都背叛他，前来投靠我！看来我就要称霸天下了！"

为了庆祝这个吉兆，妖王大摆宴席，犒劳全体士兵。

妖王太高兴了，所以喝了好多好多酒。他喝着喝着，不知不觉昏昏欲睡，眼看着四只眼睛一只接一只地闭上了，睁都睁不开。葫芦狗看准时机，扑向妖王，使劲撕咬，咬下了他的头。葫芦狗叼着妖王的脑袋冲出营帐，飞奔数千里回到了皇宫。

"葫芦狗回来了！"看到葫芦狗，公主高兴地欢呼。

众人吃惊地发现葫芦狗嘴里叼着四眼妖王的头。皇帝如释重负，再也不用担心残暴的妖王会兴兵作乱了。

听到这个好消息，全国上下敲锣打鼓，举行庆祝活动。

而葫芦狗却好似有心事一般，自从它回来，不管是什么好吃的，它连闻都不闻，只是一直守在公主的脚边，一声也不吭。皇帝很担心："葫芦狗，你怎么了？为什么无精打采，东西也不吃，叫你你也不应呢？"

忽然，皇帝心里闪过一个想法，他皱起眉头说："难道你也想娶公主？唉，不是我不想遵守诺言，只是，狗和人怎么能够结婚呢？"这个时候，葫芦狗忽然抬起头，竟然说起人话来："陛下，这一点您不用担心。为了和公主结婚，我可以变成人。您只要把我放进一个金钟里七天七夜，我就会变成人了。但在这七天七夜中，绝对不能让人打开金钟。"

皇帝半信半疑，让人做了一口大金钟，将葫芦狗罩在里面。从太阳升起到夜幕降临，日子一天天过去，金钟里一点儿声音都没有。公主坐立不安。

"金钟里一点儿动静都没有，"她想，"葫芦狗会不会饿坏了呢？它到底有没有变成人啊？"

到了第六天晚上，她十分好奇葫芦狗到底变成了什么样子，就偷偷地打开了金钟。金钟内，她看到葫芦狗真的有了变化。只是，因为还差一夜，它的头仍然还是狗头，而且再也不能变了。

公主十分后悔因为自己的好奇而害了葫芦狗。于是，她决定嫁给葫芦狗，并在皇宫里举行了盛大的婚礼。

婚礼过后，葫芦狗背着公主一直走到了偏远的西南边界，在一个幽深的山谷里定居下来，过上了幸福的生活。葫芦狗每天出门打猎，公主在家里把树皮织染成漂亮的衣服，给儿女们穿。

仫佬族

仫佬族主要分布在广西壮族自治区。

依据传统，只有同一宗族并拥有同一姓氏的仫佬族人才能居住在同一个村庄。

他们的房子是泥墙（或砖墙）瓦顶。他们会在堂屋的地上挖一个坑，用来生火，火常年不灭，可以随时用来烧水或做饭。

族内成员分工明确：男性在田间劳作，女性负责家务。

仫佬族人去世后，死者的儿子会从河中取水为死者擦洗身体。取水时，他们会先向河中投些钱，意为"买"水。

侬香和大婆猴

侬秀和大婆猕

从前，在仫佬族人居住的一个村落附近有一片遮天蔽日的森林。在这片森林中生活着一个残暴的食人婆，这个食人婆的长相和猕猴一样，体态却像狗熊一样笨拙沉重，于是人们给它起了一个名字 —— 大婆猕。

丑陋的大婆猕十分羡慕年轻姑娘们乌黑浓密的长发，于是便东施效颦，效仿着仫佬族女孩的打扮，蓄起了长发，编起了长辫。可是笨婆猕自己不会梳头，头发便总是乱蓬蓬的，生了很多很多的虱子。

每天，大婆猕都会早早地守在森林的入口。只要碰上进山劳作的仫佬族女孩，就抓走她们给自己梳头发、抓虱子、编辫子。若是有人敢违背它的命令，那就等着被毫不留情地一口吞掉吧。

仫佬族中有一位名叫侬秀的女孩，既聪敏又勇敢。这天，侬秀家里的米缸见了底，父亲又重病在床，一家人眼巴巴地看着灶火发愁。侬秀对母亲说："眼看着阿爹的病越来越重，不能再等下去了，我这就上山砍柴，卖了柴火好换些米面回来。"

"万万去不得，侬秀，"母亲忙阻止道，"听说树林里的大婆猕专挑漂亮小姑娘吃！"

侬秀笑着摇了摇头，安慰母亲道："山鹰不怕强豹，猎人不怕猛虎。山寨的人还怕那婆猕吗？阿妈，别担心，我自有办法对付它。"

说罢，侬秀将砍柴的刀刃磨得闪闪发光，把发辫编得紧紧的，拥抱了父母，便出发了。

她爬过一座高高的山头，又穿过一片阴暗的荆棘丛，终于来到了木柴量最大的金鸡峰。侬秀卖力地砍着柴，很快就收获了一大捆柴火。

在回家的途中，已经一天一夜没合过眼的侬秀实在是太累了，于是她打算靠着一棵巨大的榕树小憩一会儿。可是还没等她坐稳，就听见背后传来一阵令人毛骨悚然的大笑。侬秀回过头，看到身形巨大的大婆猕正扯着嘴角慢慢悠悠地晃过来。

大婆猕拖着沉重的身体边走边说："啊！漂亮的小姑娘！我已经在树林里找了很久很久，迫不及待地想要找个人帮我梳头发。可是这么多天过去了，一个人都没找到！我的头实在是太痒了！还好你来了，快过来！否则我就吃掉你！"

可怕的大婆猕发出一阵狂笑，它的身体也跟着颤动起来。侬秀明白自己逃不掉了，她佯装镇定地保持端坐。实际上，她的大脑正在飞快转动，思考着如何才能从这可怕的妖怪手中逃脱。

大婆猕走近侬秀，伸出丑陋的大爪子将侬秀一把拉过来，粗鲁地递给她一把大齿梳子。

"快点！别有气无力的！赶紧给我梳头，我的头快要痒死了！"

侬秀从头上取下自己的银梳子，说："大婆猕婶婶，我早就料到今天砍柴会遇到你，想着要帮你梳辫子。你看，我特地带了梳子来！"

大婆猕看了看侬秀手上的密齿银梳，又大笑起来："小姑娘，你真是贴心啊！"

见大婆猕相信了自己，侬秀继续说："大婆猕，你的辫子太长了，如果在这里梳，头发会落到泥巴上变脏，就不干净了！"

"那我们去山顶梳！"大婆猕说。

"山顶太高太陡，你爬上去会很困难的！"侬秀说。

"那我们就找块大石头，坐在石头上面梳！"

"岩石上都长着苔藓，很滑。你会摔倒的！"侬秀又说。

"那么，你说该去哪儿梳头？我跟着你就是了！"大婆猕不耐烦地嚷道。

侬秀思忖了一下，抬头看了看身旁的大榕树，建议道："大婆猕，我就在这棵大树的树杈上给你梳头吧，这儿既方便又干净。"

"那好，我们快爬上去吧，我的头痒死了！"

大婆猕跟着侬秀爬上了树，侬秀就坐在大婆猕头顶的一个树杈上。

她开始慢慢地给大婆猕梳头。每梳好一绺头发，她就将这绺头发缠绕捆绑在树杈上。

过了很久，大婆猕问道："小姑娘，快梳完了吗？"

侬秀答道："大婆猕，你的头发真是太好了，又多又长，我仔细地给你梳，保证给你梳个最好看的辫子。"

"小姑娘，"大婆猕说，"你嘴巴可真甜。你想怎么梳就怎么梳吧！"

侬秀继续慢慢地梳着。她一绺一绺地把大婆猕所有的头发都牢牢地系在了树杈上。

然后，她假装不经意地把梳子丢到了树下。

"哎呀!"她喊道,"我的梳子掉下去了!"

"快捡起来呀,好继续给我梳头。你还得给我抓虱子呢,它们也让我特别难受!"大婆猕发号施令。

"大婆猕,你放心,我这就把梳子捡起来。"侬秀说罢一翻身,从树上轻巧地跳了下来。可是,她捡起梳子,背上柴火,扭头就朝集市的方向跑去,边跑边回头对着树上的大婆猕喊:"大婆猕,等我一会儿,我得把这些柴火背到集市上去。等我回来,我再继续给你梳头、抓虱子。"

大婆猕看到侬秀的背影越来越远,自知上了侬秀的当,就想爬下树去追赶。可是它的头发像藤蔓般全被系在了树枝上,根本下不去。它便破口大骂:"你这个小扫把星,居然敢戏弄我?哪天再碰见你,我非拿快刀砍下你的脑袋!"

大婆猕一边咒骂一边用力地挣扎着。愤怒令它失去了理智,它猛地往树下跳去,这下子整脑袋的头发都被撕掉了,连头皮也挂在了树上,疼得它哇哇大叫。

此时,勇敢的侬秀已经跑远了。

狼狈的大婆猕双手捂着头回到了自己的洞穴。树林里的狮子、老虎和猴子们看到它变成了秃头,嘲笑道:"大婆猕,你怎么把头发都剃光了?是想变成大公猕吗?"

它气得脸色发青,举起拳头发誓道:"早晚有一天我要把所有仫佬族女孩的辫子都拔下来,让她们和我一样都变成丑陋的秃头!"

这话一传十,十传百,很快就在仫佬族人之间传开了。渐渐地,所有的仫佬族女孩都开始责怪侬秀冒犯了大婆猕,让它说出如此狠毒的话。

听到这些责备,侬秀思索了一会儿,说:"以后,你们要离开村子时,

就把辫子盘在脑后梳成发髻，用细丝网网住，再用浅蓝色的头巾包上。这样保准可以骗过傻乎乎的大婆猕。"

大家都赞同侬秀的主意，照着做了。

自从大婆猕扬言要报复仫佬族女孩以后，就天天在树林里打转，在入口处查看。奇怪的是，它连一个梳着长辫子的女孩都没看到。一天天过去了，它终于失去了耐心，朝村庄走去。

半路上，它遇到了侬秀乔装成的木匠，就问道："木匠，你有没有在这个村子里看到梳长辫子的女孩？"

"仫佬族女孩都惧怕你，"侬秀装成男人的声音说，"她们早就跑光了，现在村里一个仫佬族女孩都没有了！"

"她们都跑了？她们害怕了？我得抓住她们中的一个，让她们更害怕！"大婆猕愤怒地吼道。

侬秀说："大婆猕，你的辫子为什么不见了？你的头又是怎么受伤的？"

大婆猕咬牙切齿道："一提我的辫子，我的气就不打一处来。我要一口气把仫佬族人全吃了。"

侬秀假装十分同情大婆猕，说："是仫佬族人把你欺负成这样的吗？真可怜！大婆猕，我有一个可以治疗脱发的药方，你用了就能重新拥有美丽的辫子了。"

大婆猕一听，十分高兴，迅速答道："木匠，如果你能把我治好了，我就放你一条活路。但是如果你的药没能让我长出头发，我就把你生吞了。"

侬秀让大婆猕在路旁坐下，她从口袋里掏出一包石灰粉，撒到它的头上。"哎哟！"大婆猕叫道，"木匠，你在我脑袋上放的什么药？让我这么疼！"

"大婆猴，"侬秀答道，"不要害怕，忍一忍就好了。等我再给你敷一层药，你就不会感到疼了，你的头发也会长出来。"

说着，侬秀拿出斧子，用斧背轻蹭大婆猴的头，说："现在感觉好点了吗？"

大婆猴感到一阵清凉，答道："好多了！继续！"

与此同时，侬秀把斧头转正，使出全身的力气，猛地砸向大婆猴，一下就把它砸死了。

残暴的大婆猴终于死了。侬秀脱下木匠的衣服，解开头巾，整理了一下梳在脑后的发髻，笑了。

后来，为了纪念勇敢聪敏的侬秀，仫佬族的姑娘都会把辫子梳成一个发髻，盘在脑后。

侗族

侗族以其考究精巧的建筑而闻名。侗族人可以不用钉子和螺丝就能建起一座精美的木桥。

依据侗族传统,孩子出生时,他的父母会种下一棵杉树。等到孩子结婚之日,新婚夫妇会将杉树砍下用来搭建新房。

当有客人到访时,侗族人会用他们的特产——油茶来招呼客人。秋天,在贵州省的一些侗寨,人们会到稻田间钓鱼,过"冻鱼节"。

侗族人的生活充满了歌舞,歌舞是侗族人表达情感和记录生活的重要方式。侗族大歌就是一种拥有两千多年历史的民间无伴奏合唱形式,已经被列入世界人类非物质文化遗产名录。

寻找太阳

寻找太阳

很久很久以前，中国广西的山谷里，常年照不到阳光。

生活在那里的侗族人从来没见过太阳，更没感受过太阳带来的温暖。对他们来说，白天也如同黑夜一样寒冷、漫长。因为没有阳光的照射，无论侗族人民如何努力耕作，田里都颗粒无收。再加上黑夜的掩护，生活在附近森林里的野兽会时不时来袭击他们。尽管侗族的壮士以勇敢善战著称，但是，在黑暗中，他们对野兽的进攻也无能为力。

一天，村子里一位最年长、最德高望重的老人把大家召集到一起，说："我们不能再这样生活下去了。我们饱受饥饿和寒冷，也无力抵抗外界的攻击。过不了多久，野兽就会把整个村寨的人都吃光。我听说，在离这里很远的东方，阳光照耀着整片大地。我们要选一个人去寻找太阳，说服太阳也来到我们这里，将光芒洒满每一寸土地。"

大家都赞同长者的提议，但是选谁去寻找太阳呢？大家争吵着无法得出结论。就在这时，一位驼背的老人从人群中走出来，说："让我去吧！虽然我老了，但我的脚力并不输给年轻人。我一定能不辱使命！"

"不，让我去！"一位健壮的年轻男子拍着胸脯说道，"我的身体像公牛一样强壮，一天能走八十公里路，很快就能抵达太阳所在的地方！"

　　在大家争执不休的时候，一个稚嫩的声音响起："各位爷爷奶奶、叔叔婶婶，你们听我说！你们的年纪已经大了，而寻找太阳的路那么遥远，可能需要走上八十年甚至九十年！你们是不可能成功的。我只有四岁，不如派我去吧，这样最保险。"

　　听到这番话，大家都点着头说："这个小男孩说得很在理，真是个机灵懂事的孩子。"

　　此时，一位名叫马乐的女人打断了大家，说："等等，大伙儿别急！这孩子说的是没错，但他要走八九十年，甚至更久才能到达太阳在的地方。对于这样的冒险，我比他更有优势：我健壮，对爬高山、渡大河、打蟒蛇和猛兽都不畏惧。而且，我肚子里怀着孩子。即使我没有找到太阳，我的孩子也可以继续寻找。"

　　所有人都赞同马乐说的话，于是，最终决定派马乐去寻找太阳。

　　马乐背着装满了食物和水的竹筐，砍下一根硬树枝当拐杖，勇敢地朝东方出发了。一路上，她片刻都不敢耽搁，一心想着要完成族人的嘱托。

　　累了，她就倚在树下休息，将手放在肚子上，感受肚子里的孩子一天天地长大。她也会轻声对孩子讲话，这样可以使自己时刻充满希望和力量，在气馁时重拾继续赶路的勇气。一天天过去，马乐的肚子越来越大。为了不影响赶路的速度，她用一条蓝色长布紧紧地绑着肚子。

　　一天，马乐顺利诞下了一个健康的小男婴。马乐高兴极了，她小心翼翼地将婴儿放进竹筐，背在身后，继续赶路。

　　就这样，马乐一边照顾孩子一边向着东方前进。孩子渐渐长大了，他常常跑着穿过森林、追捕猎物、采集野果，同母亲一起分享他的收获。

在路上，马乐不停地给孩子讲述关于族人的故事以及自己是如何被选中去寻找太阳的。孩子明白母子二人要完成的使命非常重要，立志一定要找到太阳。

马乐和儿子就这样走了二十年、三十年……不知不觉，五十年过去了。他们翻越了无数的高山，穿过了无数的河流，战胜了无数的巨蟒和野兽，连他们自己都数不清到底经历了多少劫难，战胜了多少险阻。

当马乐八十岁时，她的背实在直不起来了，脚也抬不动了。于是，她对儿子说："我恐怕不能再去寻找太阳了，但你必须代替我继续向东走，一定要为我们的族人找到太阳，请它带给大家光明！"

马乐的儿子背起母亲继续赶路，就像当初母亲把他背在竹篮里一样。虽然他已经五十多岁了，但仍不知疲倦，坚定的决心使他力量倍增。因为从小就在黑暗中前行、翻越高山、穿过森林，所以即使身处黑暗之中，他也能视物如白昼。他走得飞快，像是在和时间赛跑，从不停歇。

从马乐出发到现在，侗族人一直没有忘记马乐，始终期待着有一天能看见太阳从地平线上升起。然而已经过去了五十多年，村寨里有些人开始绝望，他们认为马乐可能已经在路上死去，或者根本没能在东方找到太阳。

当初那个自告奋勇要去寻找太阳的孩子如今已经变成了老人，他把马乐的故事讲给孩子们听，赞美马乐的勇气和无私奉献的精神。父母把这个故事讲给孩子们听，孩子们又把这个故事讲给他们的孩子听，马乐的故事就这样一代又一代地流传下来。

就在马乐出发后的整一百年这一天，从广西的群山后突然升起了太阳，侗族人生活的地方有了光。

阳光照亮了山谷、森林、河流，到处都闪着光芒。从那以后，侗族人民过上了可以耕种、捕猎的幸福生活。

马乐和她的儿子一直没有回来。为了纪念他们并向他们的勇气致敬，每天太阳一升起，侗族人就开始辛勤劳作，一直忙碌到傍晚天空被晚霞染红才肯休息。

汉族

汉族是世界上人口最多的民族。

汉族的语言为汉语，使用汉字书写。汉字是从图形逐渐演变来的。不同地区的汉族还使用不同的方言。

汉族的美食制作讲究、种类多样。经过长期的实践，不同地区的汉族人民以炒、烧、煎、煮、蒸、烤和凉拌等烹饪方式，烹饪出不同的地方风味。汉族的粤、闽、徽、鲁、川、湘、浙、苏八大菜系，闻名海内外。此外，饮茶也在汉族人的生活中占有十分重要的地位。

汉族的传统节日非常多，以春节最隆重。传统节日是依照农历来过的。南、北方的风俗习惯也不尽相同。

汉族文化不仅影响着中国的少数民族，甚至对亚洲其他国家也产生了深远的影响。

愚公移山

愚公移山

在很久很久以前，有太行和王屋两座高耸入云的大山。两座山方圆约七百多里，高达七八千丈。

有一位名叫愚公的九旬老人，就和家人一起居住在大山的北面。耸立的高山将老人家门前的道路挡得严严实实，每一次进出家门，愚公一家都要绕很远很远的路，花费很长很长的时间，非常不便。

更令人烦恼的是，由于大山遮住了冬阳，冬季对他们来说格外寒冷；高岭阻挡了夏风，夏季也因此变得更加酷热难耐。

就这样，一天天、一年年过去了，他们一直过着十分艰苦的日子。

一天晚上，愚公召集家人商量："我们门前的这两座大山给我们

的生活带来那么多麻烦，不如我们团结起来，齐心协力将这两座大山移开！让门前的道路可以直通到外面的大路上，你们说好不好？"

"好呀！好呀！"愚公的儿子、孙子都纷纷表示赞同，可是愚公的妻子却摇摇头，说："不可能的，就凭你的这点力气，连一座小土丘都搬不动，怎么可能搬得动太行、王屋两座大山呢？就算你搬得动，那些挖出来的泥土和石块能放到哪里去呢？"

"我们可以把泥土和石块扔到渤海里呀！"愚公的孩子们齐声回答道。

第二天一早，愚公一家就扛起锄头、挑起扁担和竹筐向大山爬去。他们凿石挖土，再将击碎的土和石块装进竹筐里，经过漫长的路途运到渤海的边上，填入海中。

一年时间，愚公一家才能往返一次。虽然路途如此遥远，他们依旧不知疲倦地凿击着大山，任凭风吹雨打，也不曾退缩。

附近一位名叫智叟的老人听说了愚公的计划后，大笑着想要阻止愚公，说："愚公啊，你真是太糊涂了！你这么老了，还要去移什么山？就算让你搬到你死去的那一天，这山也不会有什么变化！"

愚公听了他的话，笑着说："智叟，你才糊涂呢！即使我死了，我的儿子还可以继续做下去，儿子还会再生孙子，孙子还会有自己的儿子。我们世世代代、子子孙孙可以一直搬下去，只要我们搬掉山的一层，就少一层，总有一天我们会把这两座山搬走，天底下哪有不能克服的困难呢？"

智叟无言以对，悻悻而去。

后来，山神和海神知道了愚公要移山的事情，害怕愚公一家永不停止地搬下去，真的会把山搬光、把海填满，便急忙去向玉帝禀报。

玉帝听了之后，被愚公的精神所感动，就派来两名大力神连夜将太行、王屋两座山背走，放到别的地方去了。

从此，愚公居住的地方变成了一片辽阔的大平原，老人和他的后代们在那里过上了平静又富足的生活。